JOSEFA DE LIMA

O JARDIM ENCANTADO

©Copyright: Josefa de Lima
©Copyright: da presente edição, Ano 2019 WANCEULEN EDITORIAL

Título: O JARDIM ENCANTADO
Autor: JOSEFA DE LIMA

Fotografia da capa: JOSÉ LUIS RÚA

Editorial: WANCEULEN EDITORIAL
Sello Editorial: A TORRE DOS SONHOS

ISBN Papel: 978-84-9993-147-0
ISBN Ebook: 978-84-9993-148-7

Impresso em Espanha. 2019.
WANCEULEN S.L.C/ Cristo del Desamparo y Abandono, 56 - 41006 Sevilla
Webs: www.wanceuleneditorial.com y www.wanceulen.com
Email: info@wanceuleneditorial.com

O JARDIM ENCANTADO

OU

O SEGREDO DA BRISA

Sentada no banco corrido, assisto a tudo através do vazio de um arco de pedra, como se estivesse a ver uma peça de teatro. Ainda deitado no seu edredão de espuma, o Sol tenta dormir mais um bocadinho, mas chega a Noite e o sacode, para que desperte e não se atrase. Depois manda-o ir para a outra metade do Planeta, chegando mesmo a ameaçá-lo com o pincel da tinta preta. O Sol desperta resmungando, mas depois, brincalhão, desafia a Noite para uma corridinha após ter contado 1, 2, 3. E desaparece de vez, perseguido pela Noite.

Anoitece devagar. Um melro canta e encanta, saltitando de ramo em ramo. Outro melro lhe responde, aproximando-se agora. Já na relva saltitam e cantam à vez, ficando mais perto um do outro. Num alto ramo, pendurada como uma enorme lâmpada de néon, está a Lua cintilante, piscando o olho aos Melros que lá vão aos saltinhos, à procura de um lugar para dormir.

As luzes da rua acendem-se lentamente, transbordando para um dos cantos deste belo Jardim Encantado. Uma luz frouxa, amarelada, cria manchas claras no tapete verde escuro. Olho de novo para a Lua. É tão bonita! Como brilha! Os pássaros, aconchegados uns aos outros, estão agora silenciosos. A luz amarelada já se estende ao comprido por uma faixa, unindo e

alargando as manchas. Ao fundo, entre duas Flores, um Sapo coaxa e ao seu lado um Cágado baloiça sobre a carapaça, tocando um pequeno Xilofone com as cores do Arco-Íris. Uma Borboleta rega as Plantas com fios de prata reluzente, e dança, docemente dança e adormece. As Flores ainda sem sono conversam, conversam sem parar, mas eu não ouço nada do que dizem. Cheia de curiosidade, como não posso levar o banco para junto delas, saio do meu lugar e vou sentar-me na relva. Agora, sim, já ouço o que dizem.

A Flor Pequena lamenta-se:

- Que pena o Dia ter chegado ao fim.

- Não gostas da Noite? - pergunta a Flor Grande.

- Gosto mais do Dia, Flor Grande.

- Também gosto do Dia, mas a Noite é tão misteriosa. Não achas?

- Acho.

- À Noite, tudo fica da mesma cor, Flor Pequena. Mas fica devagarinho...

- O que queres dizer, Flor Grande?

- Quero dizer que anoitece aos poucos. A Noite não aparece de repente como se viesse para nos pregar um susto.

- Pois não!

- A noite dá tempo a que tudo e todos fiquem da mesma

cor, antes mesmo de escurecer de vez. Há mais silêncio...
E há sons que só a Noite descobre e isso é um mistério,
não é, Flor Pequena?

- O Sol, também desaparece devagarinho, também é um
mistério...

- Isso mesmo. Tudo tem o seu tempo, Flor Pequena.

- O Sol parece que mergulha no mar...

- Parece... também faz parte do mesmo mistério.

O Sapo Seriró, farto de as ouvir, manda-as calar:

- Calem-se! Deixem-me dormir.

As Flores, muito assustadas olham para todos os lados,
interrogando em voz alta:

- Quem é que falou?

- Eu, o Sapo Seriró. E vocês são umas chatas.

- Que malcriado! Vai dormir para outro lado, Seriró" –
replicam as Flores.

- Daqui não saio. Estou aqui muito bem - responde o
Sapo Seriró.

O pequeno Cágado circula pelo Jardim até chegar ao
pé do Seriró. Aí, volta-se de pernas para o ar e esperneia,
muito aflito, mas o Seriró ajuda-o a voltar-se e dá-lhe o
Xilofone para que não tenha medo. Em Quarto Crescente
a Lua vai-se descolando do ramo e parece fitar-me. Mais
acima, uma Estrelinha queixa-se:

- Ai, ai, estou tão alto e tão só. - Choramingando olha
para todo o lado.

- Quem é que está a chorar? - interroga a Lua.

- Ahn? - fez a Estrelinha.

- Olha aqui para baixo. Sou eu, a Lua..

- Ah! Estás aí. Eu pensava estar para aqui abandonada. As minhas irmãs estrelas estão todas lá para cima, e as mais próximas estão muito afastadas de mim.

- Eu também pensava que estava para aqui sozinha... Os pássaros já deixaram de cantar. Adormeceram juntinhos e eu... Se ao menos estivesse tão alta como tu!

- Não te sintas tão triste e só, por isso, Lua. Amanhã estarás muito maior. E, quem sabe, se mais alto ainda, chamando a atenção de todos.

- Quem sabe! - pensa a Lua em voz alta.

Se não fosse a Lua, a solidão da Estrelinha seria bem maior, já que as suas companheiras estão tão distantes. Mas com a Lua, é muito diferente, porque estando mais próxima da Terra vai-se distraindo com o que vê; e estando num plano intermédio, vai olhando para as estrelas e para os outros astros; e mais ainda: o seu corpo ciclicamente vai mudando, o que ao mesmo tempo a preocupa e a diverte muito.

Curioso! A Estrelinha que ainda há pouco estava mais alto do que a Lua, parece agora, estar atrás da folhagem.

- Ai... ai... será que me aguento aqui sem estar presa ao ramo? - pergunta a Lua.

- Pagina 13 -

- Experimenta lá. Talvez não caias. - Encoraja a Estrelinha que, olhando e não vendo a Lua, a interroga:

- Onde estás?

- Já não estou presa na Grande Árvore, Estrelinha. Estou aqui. Olha para mim.

- Agora já te vejo, Lua.

Um Músico ensaia acordes num Piano, entornando-os no Jardim e... nesse mesmo momento, a Estrelinha mostra-se por inteiro e começa a bailar nas cinco pontas. Que belos são os seus movimentos! O ar que inspiro, e me chega vindo do mar com o perfume e o sabor das águas, está húmido e ligeiramente arrefecido. Por momentos desvio o meu olhar da Estrelinha que se aquietou, mas a minha atenção volta-se agora para a Lua, coberta por um opaco véu de pérolas que lhe retira um pouco do seu brilho e a prega contra o céu, com pontinhos luminosos.

- Olha, Estrelinha... - diz a Lua, mostrando-lhe o véu.

- O que é isso?

- Vê! - diz a lua tapando o rosto com o véu - Gostas?

- Que bonito véu de pérolas!

- Vou prender-lhe as pontas, antes que a brisa passe e o leve. É tão fofinho! - diz a Lua dobrando o véu em dois.

- Curioso! - diz a Estrelinha.

- Curioso, o quê?

- Assim tapada ficas com menos luz... e a luz é a tua beleza! - diz a Estrelinha.

- Não faz mal, porque ao tapar a minha beleza, mostro a beleza do véu.

Por momentos, ouço, de novo uma melodia tocada pelas mãos hábeis de um invisível Pianista... Agora são as Flores que, sem sono, recomeçam o diálogo interrompido e eu volto de novo a sentar-me na relva. É então que escuto a Flor Grande a perguntar à Flor Pequena:

- Queres saber outro mistério?

- Mais mistérios? - resmunga a Flor Pequena com sono.

Acordado, o Sapo Seriró solta-se e entra na conversa:

- Eu também sei um mistérioooo.

- Qual é? - perguntam a uma só voz as Flores.

- A Terra gira à volta do Sol! - grita-lhes fazendo umas caretas engraçadas.

- É por isso que às vezes, fico com a cabeça às voltas. – esclarece a Flor Pequena, ensonada.

Mal acabou de falar, uma luz vinda do lado onde o Sol dormiu, traz a Fadinha da Noite com o seu enorme acordeão a soltar Dó, Ré, Mi, Fá... Após breve silêncio, ela pergunta ao Sapo Seriró se já não tem sono. Quando este lhe responde que o perdeu, as Flores riem-se muito, mas a Fadinha da Noite solta a "Barcarola" para os adormecer. Fechado o acordeão depois de lhes desejar

uma Boa Noite e Sonhos Lindos, a Fadinha vai-se embora. O Seriró coaxa, de vez em quando coaxa, até adormecer. O Cágado, até a sonhar toca Xilofone, e as Flores suspiram... sento-me no banco, para melhor olhar o céu. Mas desta vez parece-me que perdi outro diálogo, entre a Lua e a Estrelinha. Ainda estou com sorte, pois consigo ouvi-las.

- Até parece que estamos ligadas uma à outra.

- Estamos afastadas, Estrelinha.

- Tu não percebes, Lua. Enquanto dás um passo, eu...

- Tu dás outro.

- Não, eu não saio do mesmo sítio, Lua..

- Pois. Tu és um Astro, uma Estrela - afirma uma Voz vinda da Terra.

- Eu sei que sou uma Estrela.

- Quem falou? - perguntam ambas.

- Fui eu, a Voz da Terra.

- Se ela é uma Estrela, ou um Astro, o que sou eu? pergunta a Lua.

- Tu és um Planeta – diz a Voz da Terra.

- Vês? – comenta a Estrelinha - Essa é a nossa grande diferença.

- Mas há mais diferenças - afirmou a Voz da Terra.

- Conta lá isso, vá... - diz a Lua interessada.

- Eu conto. Tu tens luz própria, Estrelinha – elucida a Voz da Terra.

- Que bom! Eu não preciso do Sol para me acender! – diz a Estrelinha com ar feliz.

- Como? Mas eu não tenho luz nenhuma! Querem lá ver que é o Sol que me empresta – diz a Lua

- Claro que te empresta, porque és um Planeta, tonta! E os Planetas não têm luz. – Conclui a Estrelinha.

- E tu, se não és um Planeta e tens luz, também és um Sol? - pergunta a Lua.

- És muito inteligente, Lua. - afirma a Voz da Terra.

- Sou? Ora, eu apenas pensei em voz alta. Não afirmei nada. Apenas perguntei!

- Fizeste uma pergunta inteligente e a resposta é SIM. Pronto! - diz a Estrelinha.

- Acertei em cheio, Estrelinha. Mas há outra coisa que eu não percebo. Como é que tu e eu nos mantemos a uma certa distância e não caímos? - pergunta a Lua.

- Tu, não percebes duas coisas. E agora a isso já não sei responder.

- Bem, bem, é como se a Estrelinha tivesse um fio em cada mão – diz a Voz da Terra.

- O que estás para aí a dizer, Terra?

- Eu digo-te, que tens um fio em cada mão, Estrelinha.

- Mas como, se eu não vejo nada?

- Não vês, porque os fios são invisíveis. - esclarece a Voz da Terra.

- Ahn? A Estrelinha tem um fio em cada mão? – pergunta a Lua, não querendo acreditar no que ouviu.

- Sim. E no Quarto Crescente, um fio é mais curto e o outro, mais comprido - insiste a Voz da Terra.

- Mas o que é que eu faço com os fios nas mãos? – pergunta a Estrelinha.

- É simples. Não os largas. O fio mais curto está preso na cabeça da Lua... - diz a Voz da Terra.

- E o mais comprido? - pergunta a Lua.

- O mais comprido está preso no teu pé - conclui a Voz da Terra.

- Então os meus fios... É como se fossem as rédeas de um cavalo?

- Isso mesmo Estrelinha! E quando a Terra puxa a Lua..

- A Terra também tem um fio?

- Também. - diz a Voz da Terra - Tem um fio muito comprido, preso na barriga da Lua.

- E puxa, oh! se puxa. Puxa e muito, muito, porque eu bem a sinto puxar... parece um íman.

- Mas eu não sinto os meus fios.

- Não os sentes, Estrelinha, porque os fios são leves como a pena de uma ave - diz a Voz da Terra.

- Então eu ando num carrossel, é isso? - pergunta a Lua.

- É... mais ou menos. - confirma a Voz da Terra.

- E fico a rodar, a rodar à tua volta, Terra!

- E eu a girar, a girar, à volta de mim própria, como um pião, e ao mesmo tempo à volta do Sol!

- OOOH! Que mistério! - exclamam ao mesmo tempo a Estrelinha e a Lua.

- É verdade! E eu fico a girar como um pião... - diz a Voz da Terra, acrescentando em seguida:

- E quando metade de mim está voltada para o Sol... fico iluminada desse lado.

- E a outra metade? - pergunta a Lua.

- A outra metade não tem luz, fica às escuras. - diz a Estrelinha.

- Alguma vez já tinham pensado nisso?

- Não. Nunca! - respondem as duas a uma só voz.

- Agora percebo, Voz da Terra.

- Percebes o quê, Estrelinha?

- Quando a tua metade está iluminada, diz-se que é de Dia, não é?

- Isso, mesmo. E na metade que está às escuras, é de Noite. - afirma a Lua.

- Mas como a Terra continua a girar, o Dia passa a ser Noite... – continua a Voz da Terra.

- E a Noite passa a ser Dia. - Concluem as duas.

- É muito interessante, não acham? - interroga a Voz a da Terra.

- Muito interessante e misterioso! - exclamam as duas de novo.

- Eu ando há tanto tempo à tua volta, Terra... e nunca te toquei! - diz a Lua.

- E eu à volta do Sol! E nunca me queimei... - diz a Voz da Terra.

- E eu, continuo com os dois fios nas mãos, quando danço nas minhas cinco pontas? - interroga a Estrelinha.

- Sim. Abres os braços e vais passando por entre os fios. Faz parte do teu bailado - diz a Voz da Terra.

- OOOH! - exclamam as duas.

Que fantásticos mistérios, os do universo! - penso eu. Do meu lugar observo tudo, chegando a ver o invisível, o que é fantástico, não acham? Lá está a Estrelinha e os dois fios que dela partem e a prendem à Lua. Há também uma linha oblíqua que as afasta. Olhando melhor, o que me parece agora com maior certeza, é não serem os fios de diferentes tamanhos, mas serem os movimentos da Terra e da Lua na sua trajectória a dar-nos essa ilusão. Quando digo isto, estou a referir-me à Lua no seu Quarto Crescente e penso que o mesmo se poderá aplicar, quando está em Quarto Minguante, bastando inverter a forma C para a forma D.

Deixo os meus pensamentos e desperto para os sons do Piano que, atravessando as grossas paredes da Torre da "Medronheira", se enrola, agora, todo na Noite que com ele dança neste Jardim Encantado. O véu da Lua, dobrado em dois, adensa-se retirando aos poucos o brilho que lhe resta. As pérolas vão-se multiplicando e o véu alarga-se, mantendo-a prisioneira e mais oculta.

Aperto-me nos meus braços como que a proteger-me da fresca aragem, e penso: "que estranho, quanto mais a Lua desce, mais o fio se alonga, parecendo afastá-la da Estrelinha. Será isto tão real, como tudo aquilo que venho a narrar?"

A Lua está neste momento, face a face comigo, e a tal linha oblíqua lá está comos se fosse um ponto de referência. Desta vez acredito que é a deslocação da Lua, à volta da Terra, que a afasta da Estrelinha. Será que acertei?

Sou agora interrompida pela Brisa que aparece esvoaçando cheia de graciosidade, com as suas asas brancas e o seu manto cor de amora, cumprimentando com uma vénia, ora a Lua, ora a Estrelinha que, por sua vez, a interrogam:

- Quem és e o que vieste fazer ao Jardim Encantado? - interrogam as duas amigas espaciais.

- Eu sou a Brisa e tenho um Segredo para vos contar, mas não o podem dizer a ninguém.

A Lua olha de esguelha para a Estrelinha e segreda-lhe algo, com ar receoso. E a Brisa pergunta-lhe:

- Estás com medo do Segredo?

Aflita, a Estrelinha abana a cabeça de um lado para o outro, e pede-lhe:

- Não lhe tires o manto de pérolas, Brisa.

Por sua vez, a Brisa, tranquiliza-as, dizendo:

- Ah! É isso? Por agora não te tiro o véu, fica para mais tarde.

Quanto ao Segredo, depois de muitas cruzes na boca, as duas amigas prometem não contar nada a ninguém. E afinal, qual é o Segredo? Pois não sabem? Claro que ninguém sabe, mas a Brisa conta-lhes:

- Fugiu a Estrela de Natal...

E quando a Lua e a Estrelinha se interrogam:

- Como poderão os Reis Magos seguir o caminho sem a luz da Grande Estrela?

A Brisa segreda-lhes:

- " Segredo e Surpresa!" - e apontando o indicador para a Estrelinha, declara:

- Vais ser tu, a próxima Estrela de Natal!"

A Lua fica tão surpreendida quanto a Estrelinha e pergunta:

- E eu vou ficar para aqui abandonada?

A Brisa depressa arranja uma solução, respondendo:

- Não te preocupes, Lua, porque eu virei buscar-te para te pendurar na Árvore de Natal. Está bem, assim? Mas até lá não se esqueçam de guardar o Segredo.

E despedindo-se, puxa sorrateiramente o véu da Lua, arrastando-o pelos ares, até desaparecer. A Estrelinha, ouvindo o queixume da sua amiga, por ter ficado sem o véu, diz-lhe a sorrir:

- Não te importes, Lua, porque ficas mais bonita assim. Já sabes... dado que a beleza do véu, ocultava a tua beleza. E alegra-te, porque o Sol vem já aí."

Que doce e quente é o som que a Noite agora nos traz. É o gemer do Piano que, já cansado e com sono, vai acabar por emudecer de vez, nas mãos do seu criador. O Músico tapa-o para que possa dormir melhor. Por hoje não voltará a tocar, dado o avanço das horas, mas tem a certeza de que vai sonhar com a Noite. A Lua brilha, agora, com todo o seu esplendor e a Noite avança, então, intensa e dominadora no seu último movimento, antes de desaparecer, a pouco e pouco, empurrada brandamente pelo Sol.

Levanto-me do banco, e no caminho para casa vou pensando que tudo tem o seu tempo e a sua função, obedecendo a regras num Universo superiormente organizado. E o que por vezes, nos pode parecer estar imóvel, está em movimento contínuo, refazendo-se e inovando-se através de ciclos bem reais.

FIM

Josefa de Lima

Um olhar sobre "O Jardim Encantado"

Este Jardim nasceu a partir dos sentidos, no momento exato em que o meu olhar se demorou um pouco mais sobre um fragmento do real, e assim captando uma nova essência até então oculta e indiferente, dada a sua proximidade. De tão impressionada fiquei, que registei de imediato as sensações colhidas, para que não se esfumassem e desaparecessem com o tempo. E num pequeno bloco imprimi o instante, tal como uma câmara fotográfica imprime o que se lhe coloca perante a objectiva.

Poderia o registo ter ficado tal como estava, para meu prazer, sempre que a ele voltasse. Mas mais tarde, numa leitura reflectida, encontrei no registo o fio condutor que me levou ao acto criativo, propriamente dito. Nessa altura, o meu tesouro poder-se-ia transformar numa tela, numa escultura, num poema ou num outro objecto, fosse ele qual fosse. Mas não. Neste caso específico, transformou-se num texto dramático, tornado vivo por um grupo de crianças, e posteriormente num livro. Neste Livro.

Assim nasceu o belo Jardim Encantado. Quanto à obra, não ficará nunca acabada, acreditem. Apenas fixará o instante captado num momento especial. E poder-se-ão fazer tantas leituras, quantos os códigos deixados em aberto ou por inventar.

Que muitas crianças possam entrar neste Jardim Encantado, cheio de segredos e de mistérios.

A Autora
Josefa de Lima

Nota da autora:

Este texto, foi inicialmente um pequeno registo de observações, de sensações, colhidas na "Torre da Medronheira".* Antes de se transformar neste "Jardim Encantado ou o Segredo da Brisa", serviu como base à peça de teatro a que dei o mesmo título, sendo a referida oferecida aos atletas, sócios e simpatizantes da Academia Desportiva e Cultural Praia da Falésia, na data do seu aniversário, no salão dos Bombeiros Voluntários de Albufeira.

Foi, ainda, levada à cena no Auditório da Câmara Municipal de Albufeira, em articulação com o projecto da Prof.ª Carla Ferreira, coordenadora da Biblioteca Escolar de Olhos de Água e com o Agrupamento de Escolas E. B. 1.2.3. / J. Inf.ª/ Professora Diamantina Negrão, tendo o apoio logístico da C.M.A. e dos Encarregados de Educação dos pequenos autores.

A sua estreia realizou-se na Junta de Freguesia de Olhos de Água, na celebração do 8º Aniversário dos Jogos Culturais e Tradicionais da freguesia, com os pequenos actores do grupo "A Nau Catrineta" da Academia Desportiva e Cultural da Praia da Falésia (A.D.C.P.F.), estando os alunos integrados na comunidade escolar do supracitado Agrupamento de Escolas.

*A "Torre da Medronheira", tal como outras edificações na linha costeira, é um antigo posto de vigia virado para o mar, para defesa dos ataques de quantos piratas, de outros tempos, vindos por barco, pretendiam atacar as povoações.

Personagens Atores. Ano y Escola

Brisa.
Marta Condeço 5º Ano (2º cic.) Diamantina N.

Cágado
Manuel Rodrigues 1º ano (1º cic.) Olhos de Água

Estrelinha
Melissa Cordeiro 6º ano (2º cic.) Diamantina N.

Fadinha da Noite
Laura Peters 1º ano (1º cic.) Olhos de Água

Flor Grande
Nadine Guerreiro 5º ano (2º cic.) Diamantina N.

Flor Pequena
Marta Rodrigues 5º ano (2º cic.) Diamantina N.

Lua
Samanta Gaudêncio 6º ano (2º cic.) Diamatina N.

Melro 1
Afonso Dias 4º ano (1º cic.) Vale de Carros

Melro 2
Carolina Dâmaso 2º ano (1º cic.) Olhos de Água

Noite 1
Inês Brito 5º ano (2º cic.) Diamantina N.

Noite 2
Marta Condeço 5º ano (2º cic.) Diamantina N.

Sapo Seriró
Bianca Gaudêncio 2º ano (1º cic.) Vale Carros

Sol
Laura Peters 1º ano (1º cic.) Olhos de Água

Terra (Voz off)
Josefa de Lima (autora) Educadora de Infância

www.ingramcontent.com/pod-product-compliance
Lightning Source LLC
Chambersburg PA
CBHW061505170626
46811CB00004B/1609